Hi havia una vegada un camperol tan pobre, tan pobre, que no tenia ni tan sols una vaca. Un dia que feinejava al camp, mentre es lamentava de la seva mala sort, se li va aparèixer un homenet.

L'homenet, que duia una barba llarga i un barret punxegut al cap, li va dir:
—Bon home, he sentit els teus laments i faré que la teva sort canviï.

El camperol es va quedar mut en veure un personatge tan estrafolari. Però encara es va meravellar més en comprovar que de cop i volta li apareixia una gallina a les mans.

—Té aquesta gallina meravellosa —li va dir
l'homenet—. Cuida-la bé, i cada dia pondrà
un ou d'or.
I en acabat, va desaparèixer tan
misteriosament com havia aparegut.

El camperol se'n va anar cap a casa més content que un gínjol amb la gallina sota el braç. La va deixar anar al corral i va esperar impacient que arribés el nou dia.

Quan va sortir el sol, el camperol va anar a veure si la gallina havia post un ou. I entre la palla va descobrir, sorprès, un ou d'or ben lluent. L'home feia saltirons d'alegria!

Amb molta cura, va embolicar l'ou amb un drap, el va posar en un cistellet i va anar a vendre'l a la ciutat. I tornà a casa amb les butxaques plenes de monedes i tan feliç que no li tocava la camisa a la pell.

L'endemà va tornar a trobar un ou d'or.
Per fi, la fortuna el somreia!
I tal com li havia dit l'homenet, no hi havia
dia que la gallina no pongués un ou d'or.

I amb els diners que li van donar, el camperol es va comprar una vaca. Després va comprar porcs i més tard, ovelles. Fins que la casa i el corral se li van quedar petits.

Així que va decidir comprar una granja amb estables i corrals, amb tot de bones terres per llaurar. Aleshores ja no havia de treballar, els seus criats se n'encarregaven.

El camperol portava una vida regalada.
Només s'havia d'ocupar de cuidar la gallina
meravellosa i d'anar a ciutat a vendre els
ous d'or.

Passà el temps i el camperol ja era l'home més ric de la comarca. Però tanta riquesa el va acabar tornant un home cobdiciós.

I arribà el dia que el camperol va començar
a mirar la gallina amb mals ulls.
Ja no tenia paciència per esperar que cada
dia pongués el seu ou d'or.

I li va agafar la dèria que la gallina tenia dins una mina d'or, i la va voler aconseguir. «Per què he d'esperar a tenir un ou si puc tenir-ho tot? Si la mato, aquesta mina d'or que té a dins serà meva», es va dir.

I sense pensar-s'ho més, així ho va fer.
Però, quina sorpresa i quina decepció tan
gran es va endur quan dins la gallina no
hi va trobar ni rastre de mina ni d'or!

Per culpa de la seva enorme cobdícia,
la fortuna del camperol se n'havia anat
en orris. I es va quedar sense gallina
meravellosa i sense els meravellosos ous d'or.